CATALOGUE

DE BONS

TABLEAUX

ANCIENS

DES ÉCOLES

FRANÇAISE, HOLLANDAISE, FLAMANDE & ITALIENNE

Provenant de la Collection de M. E***

DONT LA VENTE AURA LIEU

HOTEL DES VENTES MOBILIÈRES

Rue Drouot, n° 5

SALLE N° 4

Le Vendredi 2 Mars 1860, à 2 heures.

Par le ministère de M° **DELBERGUE-CORMONT**, Com.-Pris.
rue de Provence, 8.

Assisté de M. **DHIOS**, Expert, 33, rue Le Pelétier,

CHEZ LESQUELS SE DISTRIBUE LE PRÉSENT CATALOGUE.

EXPOSITION PUBLIQUE

Le Jeudi 1er Mars 1860, de midi à 6 heures.

PARIS

RENOU ET MAULDE

IMPRIMEURS DE LA COMPAGNIE DES COMMISSAIRES-PRISEURS
rue de Rivoli, 144.

1860

CATALOGUE

DE BONS

TABLEAUX

ANCIENS

DES ÉCOLES

FRANÇAISE, HOLLANDAISE, FLAMANDE & ITALIENNE

Provenant de la Collection de M. E***

DONT LA VENTE AURA LIEU

HOTEL DES VENTES MOBILIÈRES

Rue Drouot, n° 5

SALLE N° 4

Le Vendredi 2 Mars 1860, à 2 heures.

Par le ministère de M° **DELBERGUE-CORMONT**, Com.-Pris.
rue de Provence, 8.

Assisté de M. **DHIOS**, Expert, 33, rue Le Peletier,

CHEZ LESQUELS SE DISTRIBUE LE PRÉSENT CATALOGUE.

EXPOSITION PUBLIQUE

Le Jeudi 1er Mars 1860, de midi à 5 heures.

PARIS

RENOU ET MAULDE

IMPRIMEURS DE LA COMPAGNIE DES COMMISSAIRES-PRISEURS
rue de Rivoli, 144.

1860

CONDITIONS DE LA VENTE.

Elle sera faite au comptant.

Les acquéreurs paieront, en sus des adjudications, cinq pour cent, applicables aux frais.

DÉSIGNATION

DES

TABLEAUX

École Française.

BERTIN.

1 — Paysage traversé par un lac, au milieu duquel on voit un pont qui conduit à des monuments en ruines. Riche composition qui charme les yeux par la facilité avec laquelle l'artiste à rendu un des beaux effets de la nature.

BOUCHER (François).

2 — Vénus sur son char caresse l'Amour.

BOUCHER (en Italie).

3 — Une jeune Mère.

CASANOVA.

4 — Mélée sur un champ de bataille.

CLAUDE GELÉE DIT LE LORRAIN.

— 5 — Paysage d'une grande étendue. Les lointains inondés de la lumière d'un soleil couchant se confondent presque avec les vapeurs dorées de l'horizon.

Une Fête villageoise occupe le premier plan de ce paysage.

Ce tableau est remarquable par une grande finesse d'éxécution.

CRÉPIN.

— 6 — Paysage. Marine, sur le devant une barque avec pêcheurs retirant leur filet, dans le fond un phare.

COURTOIS. Élève de CLAUDE LE LORRAIN.

— 7 — Port d'Italie. Effet de soleil couchant. A droite des palais bordent le port ; au centre un navire fait son entrée ; au fond a droite l'on apperçoit des navires à l'ancre.

DE LACROIX.

— 8 — Paysage avec rivière, orné de jolies figures.

DE LACROIX.

— 9 — Vue d'un port d'Italie. Effet de soleil levant (Jolie qualité de maître.).

DEMARNE.

— 10 — Vue d'un port de mer. Effet de soleil levant, sur le devant une bergère vient abreuver des bestiaux, et cause avec des pêcheurs (Tableau traité dans la manière de Joseph Vernet.).

DEMARNE (Signé 1824).

11 — Paysage, une Bergère gardant des bestiaux.

DUPLESSIS-BERTAUX.

12 — Paysage avec cavaliers.

FOREST.

13 — Paysage animé de figures.

JOYANT (J.).

14 — Vue de Venise. Le palais des doges.

JOYANT (J.).

15 — Vue de Venise. Eglise de la Madona del Salute.

LANCRET.

16 — Intérieur de parc avec personnages de distinction.

LANCRET.

17 — Conversations galantes dans un parc.

LANCRET.

18 — Paysage traversé par une rivière, à l'ombre d'un massif d'arbres des dames et leurs cavaliers conversent galamment.

LANTARA.

19 — Paysage, clair de lune (Signé 1786.).

LEPRINCE (Xavier).

20 — Cour de ferme.

DU MÊME.

21 — Paysage, au bord d'une rivière deux femmes lavent; près d'elles, un berger debout garde un troupeau de chèvres et moutons. (Charmante qualité.)

MARTIN (l'aîné).

— 22 — Un camp sous Louis XIV. Sur le premier plan on voit une cantine à l'heure où les soldats prennent leur repas. Dans le fond est le champ de bataille où on voit à travers la fumée un combat acharné.

MARILHAT.

— 23 — Paysage, le Point du jour.

PATER.

— 24 — Dans l'intérieur d'un parc près d'une fontaine monumentale en ruines, des groupes de personnes dispersées se livrent aux plaisirs de la musique et de conversations galantes.

BOURDON (Sébastien).

— 25 — La Sainte Vierge, l'Enfant-Jésus et Saint Jean.

SENAVE.

— 26 — Scène d'intérieur. Au milieu une femme assise tient son enfant endormi sur ses genoux. Char-composition.

TAUNAY.

— 27 — Paysage italien, animé de figures et animaux, un berger assis sur le bord de la route fait la conversation avec deux jeunes filles arrêtées devant lui. A droite, plusieurs vaches dans un pâturage.

VERNET (J.).

— 28 — Port de mer. Des pêcheurs sur le bord de la plage tirent un filet.

VERNET (J.).

— 29 — Marine. Effet de soleil couchant. Sur le premier plan, des pêcheurs. Au centre un navire sous voiles. Au fond un port de mer dont on aperçoit le phare.

VERNET (J.).

— 30 Paysage. Marine avec cascades. (*Site italien.*)

VERNET (J.).

— 31 — Paysage. Marine. Sur le premier plan, groupe
de jeunes femmes et pêcheurs. (Ovale.)

WATTEAU (Antoine).

— 32 — Arlequin jaloux. Au centre on voit un groupe de
trois figures, Colombine écoute les propos d'un
galant assis à sa droite, à ses pieds assis par
terre, Pierrot pince de la guitare. Derrière un
massif d'arbres Arlequin épie cette scène.

Écoles Flamande et Hollandaise.

BESCHEY.

— 33 — L'Annonciation, la Vierge écoute la parole de
l'ange, dans les nuages apparait une gloire
de chérubins. Charmante composition.

BERGHEM (Attribué à).

— 34 — Le retour à la ferme.

BOTH (Jean et André)

— 35 — Paysage avec bergers conduisant un troupeau de
vaches et moutons.

BOUT et BOUDWINS.

— 36 — Marché au poisson sur le bord d'une plage. Sur
tous les plans, ce tableau est animé de nombreuses figures du plus beau faire de Bout.

BOTH (J.).

37 — Paysage, effet de soleil couchant. Sur le devant, un berger gardant des chèvres cause avec un villageois. A droite et à gauche, de hautes montagnes, au milieu desquelles coule une rivière dans le fond. Beaux lointains.

CUYP (A.).

38 — Paysage marine. Vue de Rotterdam. Le milieu de la composition est occupé par un grand nombre de bateaux pêcheurs qui arrivent dans le port. A droite, sur le premier plan, un bac chargé d'un charriot et de voyageurs qui se rendent à la ville.

HUGTENBURG (J. Van).

39 — Bataille. Au centre du tableau, groupe d'officiers conférant avec le général en chef. Sur le premier plan, un chirurgien panse un blessé. Dans le lointain, une charge de cavalerie.

MANS.

40 — Kermesse.

MICHEL CARRÉ.

41 — Bestiaux allant au pâturage.

MICHAU (Théobald).

42 — Paysage et animaux, près de ruines.

MICHAU (Théobald).

43 — Bords de rivière animés de barques et grand nombre de figures.

MICHAU (T).

44 — Vue d'un port de mer sur les bords du Rhin.

DU MÊME.

45 — Même genre de composition. (Pendant.)

OCTERVELD.

46 — Le médecin aux urines, scène d'intérieur.

ROMBOUTS.

47 — Paysage. Au milieu, un chemin où marchent deux villageois.

ROOS (Ph.)

48 — Le départ pour le marché. Jolie composition animée d'un grand nombre de figures et d'animaux.

RUISDAEL (Jacques).

49 — Paysage boisé et traversés par une rivière. Sur la droite, un champ avec coup de soleil.

SCHOEWAERTS.

50 — Place de village où se tient un marché.

Sébastien FRANK.

51 — Les Miracles de Jésus-Christ.
Ce tableau faisait partie de la collection Dufouleur.

STEEN (J.)

52 — Intérieur de famille. Concert.

STRY (Van).

53 — Vaches dans un pâturage.

TÉNIERS (David).

54 — Intérieur de laboratoire de chimie.

TÉNIERS (genre de).

55 — Paysage avec troupeau de moutons. A gauche, à la porte d'un cabaret plusieurs villageois sont attablés.

VANDER KABEL.

56 — Port de mer. La fin du jour. Le soleil a disparu de l'horizon; la rade est couverte de navires qui viennent de jeter l'ancre. Des barques légères sillonnent le bord de la mer; les unes ramènent des marins à terre, les autres se dirigent vers les navires. Sur le quai, un marché au poisson.

VANNEMAN.

57. — Scène d'intérieur. (Aquarelle.)

WOUWERMANS (P.).

58 — Intérieur d'une écurie d'auberge hollandaise.

Le jour vient de finir. Des voituriers attardés entrent avec leurs fourgons dans la remise. A gauche, un cavalier, couvert d'un manteau, demande un logis. Au fond, des chevaux sont attachés au râtelier.

DU MÊME.

59 — Le maréchal ferrant.

WITHOS (Mathieu).

60 — Plantes, vases, fleurs et nature morte.

ZAFTLEVEN.

61 — Vue prise près des bords du Rhin. L'artiste a choisi le moment où on lance un bateau. Le paysage, d'une étendue considérable, est animé de nombreuses figures.

Ce tableau a fait partie de la galerie de l'Electeur de Cologne.

ÉCOLE FLAMANDE.

— 62 — Intérieur d'un port de mer, orné de jolies figures.
(Peinture à la gouache.)

ÉCOLE HOLLANDAISE.

— 63 — Scène d'intérieur. Effet de lumière.

Ecole italienne.

CANALETTO.

64 — Vue de Venise. — Le grand canal.

LOCATELLI.

65 — Pâtre et bestiaux dans un paysage.

SALVATOR ROSA.

66 — Groupe de cavaliers sur une plage.

SWANEVELT DIT HERMAN D'ITALIE.

67 — Paysage. Un groupe de cavaliers et des bestiaux
traversent un gué.

DU MÊME.

68 — Paysage avec rivière.

ZUCCARELLI.

69 — Paysage italien, animé de figures.

LAURI (Ph.).

70 — Vénus et Adonis.

71 — Quelques Tableaux des différentes Écoles seront
vendus sous ce numéro.

Renou et Maude, imprimeurs de la Compagnie des Commissaires-Priseurs,
144, rue de Rivoli.   8602